Lola, el hada de los desfiles

A Lilliane McPherson con mucho amor

Un especial agradecimiento a Sue Mongredien

Originally published in English as
The Fashion Fairies #7: Lola the Fashion Show Fairy

Translated by Karina Geada

ISBN 978-0-545-72354-1

13 12 11 10 9 8 7 6 5 4 3 2 1 15 16 17 18 19/0

Printed in the U.S.A.

First Scholastic Spanish printing, January 2015

Lola, el hada de los desfiles

Daisy Meadows

SCHOLASTIC INC.

Palacio del Reino de las Hadas
Desfile de Moda
CENTRO COMERCIAL
El Surtidor
Trajes y Tiaras
MODA
HARTLEY'S
Salón Circón Azul
Juguetería El Surtidor

Palacio de hielo de Jack Escarcha
Para subir al Café en el Cielo
STAURANTE
ELEVADOR
Heladería
Toque Final
Pura Comodidad
LA CUARTA ESTACIÓN
Más Hermosa
Bellísima
Fuente central
PRENSA
Quiosco de la prensa

De la moda soy el rey.
El glamour es mi ley.
Circón Azul es mi marca.
¡Todos se rinden ante el monarca!

Mis diseños algunos critican,
pero los genios nunca claudican.
Las hadas de la moda me ayudarán
y mis diseños en todas partes se verán.

Índice

En el desfile

Cristina Tate estaba *muy* emocionada. ¡Hoy participaría junto a su mejor amiga, Raquel Walker, en un desfile de moda! Y no solo eso, sino que tanto Raquel como ella usarían sus propios diseños, que habían salido ganadores en el concurso del Centro Comercial El Surtidor.

—Espero no tropezar en la pasarela —bromeó Raquel mientras entraba con Cristina y sus padres al centro comercial—. ¡Pero me conozco! Seguro me caigo y hago el ridículo frente a todos.

—No te caerás —dijo Cristina apretándole la mano a su amiga para tranquilizarla—. Lucirás espectacular y a todos les encantarán tus jeans con el arco iris. Vas a ver.

Raquel sonrió.

—Estoy tan contenta de desfilar contigo —dijo, y suspiró.

—Yo también —dijo Cristina—.

Nuestras mejores aventuras suceden cuando estamos juntas, ¿verdad?

Las chicas se miraron con los ojos chispeantes. Nadie más sabía que compartían un secreto increíble: eran amigas de las hadas y junto a ellas habían disfrutado un montón de experiencias mágicas. ¡Hasta se convertían en hadas y podían volar como ellas!

Esa semana Cristina estaba pasando las vacaciones con la familia de Raquel. Una vez más, las dos amigas habían viajado mágicamente al Reino de las Hadas para comenzar una nueva aventura fantástica. Eran las invitadas especiales de un desfile de moda que lamentablemente fue interrumpido por Jack Escarcha y sus duendes, quienes se aparecieron vestidos con diseños de Circón Azul, la marca de ropa que Jack Escarcha había creado para que todos se parecieran a él. Luego, el malvado Jack había lanzado rayos de hielo para robarse los objetos mágicos de las siete hadas de la moda y llevárselos al mundo de los humanos.

¡Las hadas de la moda estaban desesperadas! Necesitaban recuperar esos objetos para que todos lucieran bien y los desfiles de moda tuvieran éxito. Mientras Jack Escarcha los tuviera en su poder, cualquier cosa podía suceder.

Cristina y Raquel ya habían encontrado seis objetos mágicos y se los habían devuelto a sus amigas, pero todavía faltaba uno: el de Lola, el hada de los desfiles.

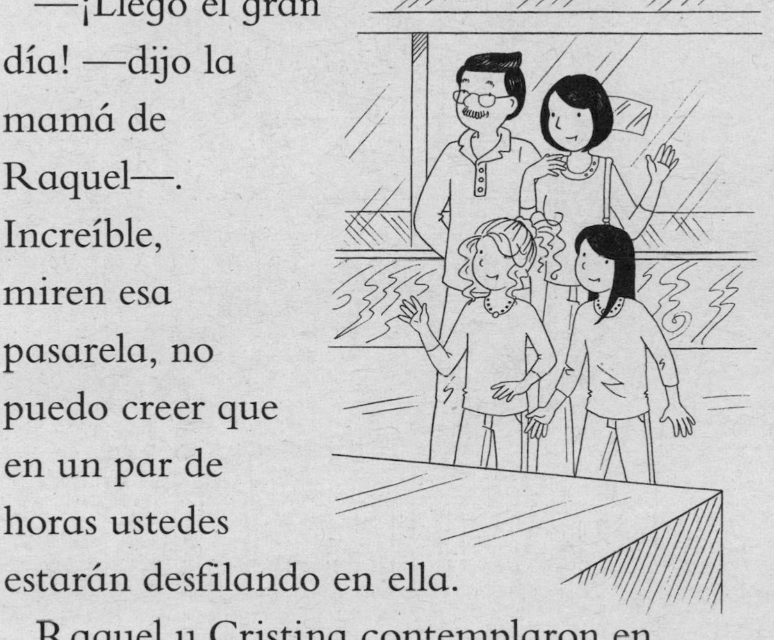

—¡Llegó el gran día! —dijo la mamá de Raquel—. Increíble, miren esa pasarela, no puedo creer que en un par de horas ustedes estarán desfilando en ella.

Raquel y Cristina contemplaron en silencio lo que tenían frente a sus ojos. El Centro Comercial El Surtidor había abierto esa misma semana y todo seguía reluciendo como el primer día: las vidrieras impecables, los brillantes tiradores de las puertas y la majestuosa fuente, frente a la que se extendía la

larga pasarela con filas de asientos a ambos lados.

Cristina tragó en seco y sintió un cosquilleo nervioso.

—Ojalá podamos ayudar a Lola a encontrar su objeto mágico antes de que empiece el desfile —le susurró a Raquel.

—Eso espero —respondió Raquel cruzando los dedos.

Su corazón palpitó aceleradamente al imaginar todas las sillas ocupadas con espectadores disfrutando del desfile de moda. ¡Pero si no recuperaban a tiempo el objeto mágico de Lola, el desfile podría convertirse en el peor de la historia!

Luces mágicas

—¡Hola, chicas! —dijo una voz familiar.

Cuando Cristina y Raquel se voltearon, vieron a Jessica Jarvis detrás de ellas. Jessica era la supermodelo que había ayudado en la producción de los divertidos eventos del centro comercial esa semana.

—Estoy feliz de recibir a nuestras modelos invitadas —añadió Jessica sonriendo.

Cristina frunció el ceño y miró a su alrededor tratando de localizar a las modelos invitadas... hasta que Raquel le dio un codazo.

—Tú y yo somos las modelos —dijo riendo—. ¡Jessica está hablando de nosotras!

—¡Oh, hola Jessica! —saludó Cristina ruborizada.

Jessica saludó a los padres de Raquel y les prometió que cuidaría de las chicas.

—También les reservaré asientos en primera fila —añadió.

—Gracias —dijo la Sra. Walker. Abrazó a Raquel y luego a Cristina—. ¡Me muero de ganas de verlas en acción! ¡Que se diviertan!

—Hasta luego, chicas —dijo el Sr. Walker—. ¡Buena suerte!

Cuando los padres de Raquel se marcharon, Jessica les entregó unos pases especiales en fundas de plástico a las chicas para que se los colgaran al cuello.

Luego las llevó al camerino que estaba detrás del escenario. Era una habitación grande con mesas de tocador, perchas de ropa y sillas giratorias frente a enormes espejos iluminados. A Dean y a Layla, los otros dos ganadores del concurso de diseño, los estaban peinando mientras otros modelos eran maquillados.

—¡Vaya! —suspiró Raquel al mirar a su alrededor.

De repente, las chicas se dieron cuenta en lo que se habían metido.

—Tengo la piel de gallina —dijo Cristina emocionada al ver el vestido de pañuelos que había diseñado, colgado junto a la ropa de los demás.

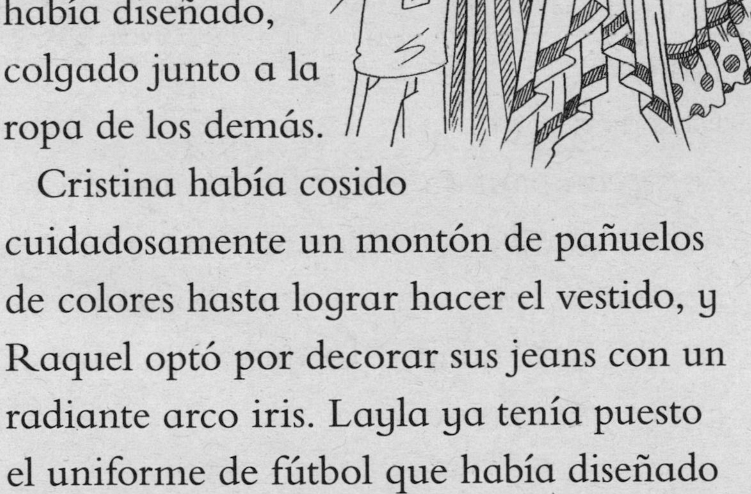

Cristina había cosido cuidadosamente un montón de pañuelos de colores hasta lograr hacer el vestido, y Raquel optó por decorar sus jeans con un radiante arco iris. Layla ya tenía puesto el uniforme de fútbol que había diseñado

y Dean su camiseta con temática espacial. En ese momento, la peluquera le estaba poniendo gel en el flequillo para complementar su estilo futurista.

—Fabuloso —dijo Jessica admirada, y se volvió hacia Cristina y Raquel—. Chicas, ¿por qué no se cambian de ropa? En un rato nos reuniremos para organizar el desfile, pero antes quería preguntarles, ya que ustedes son amigas, ¿les gustaría caminar juntas por la pasarela?

—Sí, por favor —dijo Raquel al instante. Sabía que se sentiría mucho más segura si tenía a Cristina a su lado.

—Sería genial —añadió Cristina—. Anda, Raquel, vamos a cambiarnos.

Jessica fue a hablar con Dean y Layla mientras las chicas se vestían.

En el camerino había un espejo enorme iluminado por bombillas a su alrededor.

Cuando Raquel se acercó para comprobar cómo se veían sus jeans, notó que una bombilla parecía alumbrar más que las otras. ¡Qué extraño!

Se acercó un poco más para investigar... y se sorprendió al descubrir a una diminuta hada revoloteando debajo de la luz. ¡Por eso era tan brillante!

—Cristina —susurró Raquel emocionada—. ¡Ven a ver esto!

Su amiga se puso rápidamente su vestido de pañuelos y salió corriendo a ver a la pequeña criatura.

—Hola —dijo el hada aterrizando

suavemente en la mano de Raquel—. Soy Lola, el hada de los desfiles. ¡Qué placer verlas de nuevo!

—Hola, Lola —respondió Raquel volteándose para ocultar al hada de la vista de los demás—. ¿Ya sabes dónde está tu objeto mágico?

El hada negó con la cabeza. Tenía el pelo rojizo, largo y ondulado, y llevaba botas altas y plateadas y un vestido corto, también plateado. Lola les mostró la funda de plástico que llevaba colgada al cuello. Era idéntica a la de las chicas… ¡pero estaba vacía!

—Necesito encontrar mi pase mágico antes de que comience el desfile —dijo,

mordiéndose el labio—. De lo contrario, este espectáculo y todos los otros desfiles de moda serán un desastre.

Justo en ese momento, entró Jessica al camerino.

—Chicas, llevaré a Dean, Layla y el resto de los modelos al área de ensayos —les dijo—. En unos minutos enviaré a un estilista para que las peine y las maquille.

—Gracias —respondió cortésmente Cristina.

Los modelos marcharon tras Jessica dejándolas solas en el camerino. Pero a los pocos segundos, la puerta se abrió de golpe. Sobresaltada, Lola se escondió en un pliegue del vestido de Cristina.

Entraron tres chicos con las manos llenas de ropa de color azul, un estuche de maquillaje y una enorme canasta repleta de accesorios. Los tres vestían extravagantes trajes azules y sombreros de ala ancha que les cubrían el rostro.

—¡Quítense del medio! ¡Les dije QUE SE QUITEN! —retumbó una voz

mandona. Entonces irrumpió un personaje más alto, vistiendo un abrigo peludo azul brillante y enormes gafas de sol—. ¡Llegó la estrella! —anunció con una risita de satisfacción.

El aire se enfrió con la presencia de los recién llegados y Cristina sintió un escalofrío al darse cuenta de quiénes eran: ¡Jack Escarcha y sus duendes!

Un escalofriante encuentro

Raquel agarró el brazo de Cristina en cuanto reconoció a Jack Escarcha y su pandilla.

"¿Qué hacen aquí?", pensó alarmada cuando vio a uno de los duendes cerrar la puerta del salón.

—Para empezar, vamos a deshacernos de esta ropa horrible —declaró Jack

Escarcha, lanzando al piso la ropa que estaba en las perchas. En su lugar, colgó con cuidado sus diseños de Circón Azul—. Esto está mucho mejor.

Mientras tanto, los duendes tiraron al suelo el maquillaje y los accesorios que estaban sobre el tocador. Los polvos se derramaron sobre las joyas, el lápiz labial

manchó la alfombra y los frascos de perfume se rompieron, dejando en el aire una mezcla de olores.

—Esto no lo necesitaremos más —dijeron los duendes sonriendo, y comenzaron a desempaquetar la canasta de maquillajes y accesorios que ellos habían traído: todos eran azul brillante, por supuesto.

A Lola se le cortó la respiración.

—¡Miren! ¡Mi pase! —susurró—. ¡Jack Escarcha lo lleva colgado al cuello!

Raquel haló a Cristina para esconderse detrás de las perchas, antes de que Jack Escarcha las descubriera. Se asomaron entre la ropa para verlo contemplándose a sí mismo, sentado frente a un espejo gigante y dándoles órdenes a sus duendes para que lo peinaran.

—Lola, ¿podrías convertirnos en hadas? —susurró Raquel—. Podemos aprovechar que Jack Escarcha está distraído para volar sobre él y agarrar tu pase.

—Buena idea —respondió Lola levantando su varita.

El hada apuntó con ella a las chicas y luego la agitó murmurando una sarta de palabras mágicas.

Apareció un destello plateado y luego una ráfaga de polvo mágico brilló alrededor de las chicas.

Segundos después comenzaron a sentir que se encogían cada vez más hasta quedar del mismo tamaño que Lola. Cristina sonrió cuando vio que ella y Raquel tenían unas alas deslumbrantes. ¡Les encantaba convertirse en hadas!

Las tres amigas volaron en silencio hasta el extremo de la hilera de perchas y echaron un vistazo por los alrededores. Los duendes estaban ocupados poniendo polvos en la cara de Jack Escarcha y gel en su larga barba para que luciera más puntiaguda que nunca.

—¡Dense prisa! —gritaba Jack Escarcha—. No tenemos todo el día para esto.

Justo en ese momento, alguien trató de entrar en el camerino.

—Qué raro. ¡Está cerrado! —se escuchó exclamar a alguien al otro lado de la puerta.

Luego, tocaron a la puerta.

—¿Hola? ¿Hay alguien ahí? Venimos a peinar y maquillar a las dos modelos que faltan.

Jack Escarcha hizo una mueca con la boca.

—Ya no hace falta —gritó—. Las modelos han cambiado de opinión y no se presentarán en mi desfile —añadió con una carcajada—. Hoy habrá un solo modelo —dijo en voz baja, como hablándole a su propio reflejo—. El más guapo del mundo... vistiendo los mejores diseños. ¡Pronto todos sabrán que soy yo!

Cristina y Raquel se miraron preocupadas al escuchar alejarse los pasos de la peluquera y la maquilladora. ¡Las cosas estaban empeorando!

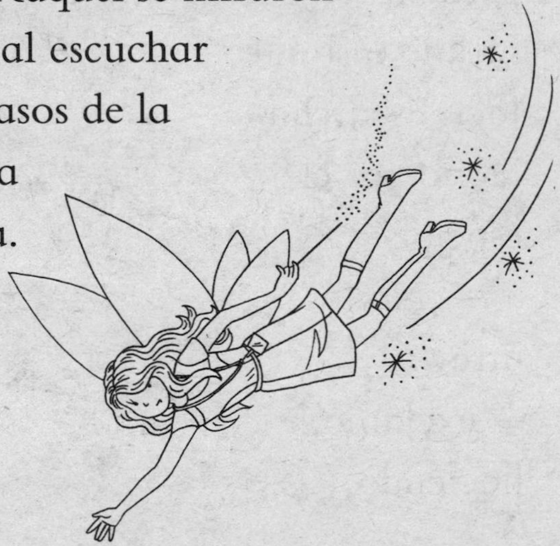

Pero el pase mágico brillaba más y más en el pecho de Jack Escarcha. ¡Si pudieran arrancárselo!

—Vamos a quitárselo —dijo Lola, y salió disparada del escondite a toda velocidad.

El hada esperó a estar lo suficientemente cerca del pase. Entonces, extendió la mano para alcanzarlo, pero en ese mismo instante Jack Escarcha la vio por el espejo.

—¡No te atrevas! —exclamó, haciendo

girar el sillón giratorio para evadir a Lola.

Cristina y Raquel arremetieron veloces por el respaldo del sillón, pero no sirvió de nada. Jack volvió a girar antes de que las chicas pudieran arrebatarle el pase.

—¡Hadas impertinentes! —refunfuñó agitando las manos en el aire—. ¿No saben que seré el protagonista de un desfile de moda?

Lola se moría de la rabia.

—El espectáculo quedaría mejor si me devolvieras mi pase —señaló.

—¡De eso nada! —gritó Jack Escarcha, haciendo girar tan rápido el sillón que los duendes tuvieron que dar vueltas tras él para ponerle el gel y los polvos de la cara.

Las hadas también comenzaron a volar en círculos, mientras Jack Escarcha aceleraba incluso más el sillón. De pronto, Cristina se dio cuenta de que

Jack empezaba a lucir mareado. ¡Si se aturdiera más ni siquiera notaría que ellas le quitaban el pase mágico!

La chica les susurró la idea a sus amigas y acordaron hacer todo lo posible por marear a Jack Escarcha. Siguieron volando, dando vueltas y vueltas, intentando atrapar el pase, lo que provocó que Jack Escarcha impulsara el sillón más y más rápido. Cuando tenía el rostro tan verde como el de los duendes, Cristina pensó que era el momento adecuado. Respiró profundo. Era ahora o nunca. ¡Tenía que recuperar el pase mágico!

Dime, espejo mágico...

Cristina voló en picada a toda velocidad con la mirada fija en el pase mágico de Lola, pero justo antes de que pudiera agarrarlo, Jack Escarcha salió del sillón tambaleándose. Estaba tan mareado que cayó entre las perchas de ropa y las tumbó.

Raquel se estremeció al oír el estruendo. ¡Alguien llegaría de un momento a otro a averiguar qué sucedía en el camerino! ¿Cuánto tiempo faltaba para que comenzara el desfile de moda? Seguramente ya el público estaba acomodándose en sus asientos, esperando un evento maravilloso... que Jack Escarcha podía arruinar si ellas no lograban detenerlo.

Raquel, Cristina y Lola levantaron el vuelo mientras Jack Escarcha se abalanzaba sobre la puerta del camerino, la abría y salía trastabillando. Lo siguieron por todo el pasillo hasta donde estaban las cortinas que conducían a la pasarela.

—Disculpe, señor, no se supone que… —comenzó a decir un guardia de seguridad, pero era demasiado tarde para detener a Jack Escarcha.

El muy malvado se enredó con las cortinas y trató de agarrarse para no caer al piso… ¡pero terminó desplomado en medio de la pasarela!

La barra que sostenía las cortinas se soltó y las luces cayeron al suelo. Jack Escarcha soltó un grito de rabia y se quitó una cortina de encima. Se sentó, frotándose la cabeza. Entonces miró enfurecido a los duendes.

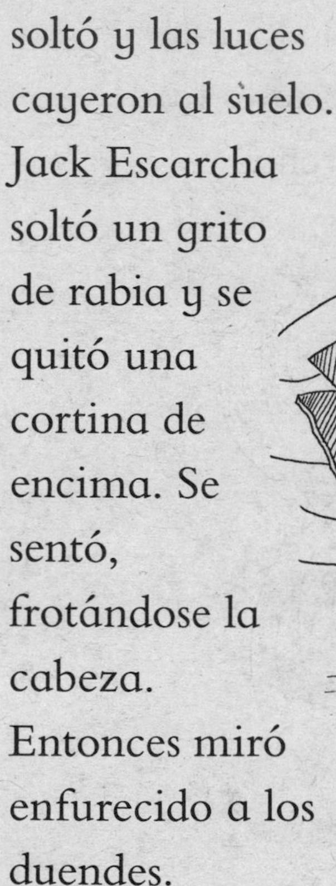

—¡Arreglen este desastre ahora mismo! —chilló.

Las tres chicas miraban boquiabiertas el caos que Jack Escarcha había causado.

—Si yo tuviera mi pase mágico podría arreglar todo esto en un instante —dijo Lola al ver a los empleados del centro comercial intentando componer la pasarela con la ayuda de los duendes—. Tenemos que recuperarlo antes de que comience el desfile. ¿Qué podemos hacer?

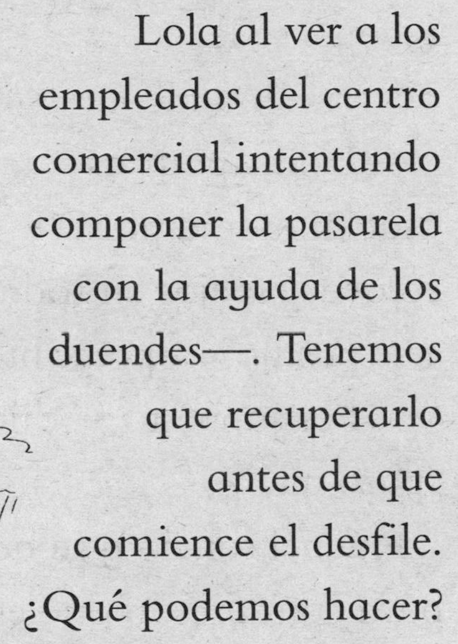

Las hadas siguieron a Jack Escarcha, que salió de allí muy molesto. El pase rebotaba en su pecho de un lado

a otro mientras
caminaba.

Cuando dobló
por un pasillo
vacío del centro
comercial, a
Raquel se le
ocurrió una idea.

—Lola, ¿podrías
usar tu magia para
colocar espejos en todas las paredes de
este pasillo? —preguntó.

—Por supuesto —dijo Lola—, pero
¿para qué?

Raquel sonrió y se acercó a sus amigas
para contarles lo que estaba tramando.

—Eso podría funcionar —dijo
Cristina—. Y no hay tiempo que perder.
¡Vamos a intentarlo!

Lola agitó su varita y devolvió a Raquel y a Cristina a su tamaño normal. Luego, agitó la varita por segunda vez y apareció una hilera de espejos. Un espejo gigante surgió al final del pasillo. ¡Manos a la obra!

—Escuché que hoy vendrá un representante de la agencia de modelaje Talento —dijo Raquel bien alto para que la pudieran oír—. Al parecer, están a la caza de supermodelos.

—Sin duda, debemos practicar para el desfile —respondió Cristina—. Este es el lugar perfecto para ensayar.

Las dos chicas comenzaron a caminar a lo largo del pasillo simulando que era una pasarela. Cuando llegaron al espejo grande del final, dieron un giro brusco para que los pases que tenían colgados del cuello se balancearan de un lado a otro. Todo el tiempo iban hablando en voz alta, comentando lo mucho que les gustaría ser las nuevas supermodelos. Pero en realidad lo que

pretendían era que Jack Escarcha las escuchara y se acercara a preguntar.

Y así mismo sucedió. A los pocos minutos Jack Escarcha apareció con sus duendes. Lola, que estaba encaramada en lo alto de una lámpara, observaba la escena entusiasmada.

—Si alguien va a ser elegido como el próximo supermodelo, soy yo —dijo Jack Escarcha con autosuficiencia—.

¡Muévanse, niñas! Hasta las estrellas como yo a veces tenemos que practicar, y este lugar es perfecto.

Jack Escarcha comenzó a pavonearse por el pasillo, contemplándose en los

espejos. Cuando llegó al gran espejo al final del pasillo, las chicas y Lola contuvieron la respiración. Si todo salía según lo planeado, Jack haría un giro, el pase se balancearía hacia afuera y Lola sería capaz de agarrarlo.

En cuanto Jack comenzó a girar, el hada salió disparada de la lámpara con los ojos fijos en su pase mágico. ¡Esta vez el plan tenía que funcionar!

Entre giros y giros

Por desgracia, Jack Escarcha frenó en seco para contemplar su imagen en el espejo y, como el pase mágico no se balanceó lo suficiente, Lola tuvo que dar media vuelta en el aire y volar de regreso a su escondite. ¡Qué horror! ¡El plan había vuelto a fracasar!

—Perfecto —declaró Jack Escarcha con una sonrisa, y salió caminando por el pasillo. Los duendes lo contemplaban con admiración. ¡Uno incluso llegó a aplaudir!

Entonces, a Cristina se le ocurrió una idea.

—También he oído que los modelos deben hacer un giro dramático al final de la pasarela para que se fijen en ellos —le dijo a Raquel—. Creo que eso es lo que voy a practicar ahora.

—Pues mejor no creas nada —dijo Jack Escarcha—. ¡Fuera de mi pasarela,

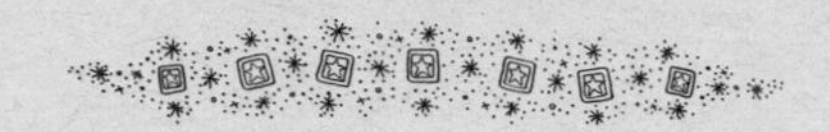

chiquilla tonta! Yo soy quien está ensayando, y ahora voy a hacer el giro más dramático que nadie haya visto.

Raquel le hizo un guiño a Cristina.

—Hummm… no estoy segura de que él pueda hacer un gran giro —dijo poniendo cara de duda.

Jack Escarcha la miró irritado.

—¿Ah, no? Bueno, miren esto —replicó—. ¡Prepárense para la sorpresa!

Una vez más, Cristina, Raquel y Lola contuvieron la respiración cuando vieron a Jack Escarcha acercarse al final del pasillo. Al llegar frente al gran espejo dio un giro tan exagerado, que el pase mágico salió disparado de su cuello, volando en línea recta. En un abrir y cerrar de ojos, Lola descendió a toda velocidad y sacó el pase mágico de la funda de plástico. En cuanto lo tocó, el mismo se redujo de tamaño.

Jack Escarcha estaba tan enojado que parecía que iba a explotar.

—¡Eso es mío! —gritaba—. ¡Devuélvemelo!

—No es tuyo —dijo Lola—. Y ahora usaré sus poderes mágicos para impedir

que tú y tus duendes arruinen el desfile de moda.

Jack Escarcha dio una patada en el suelo, pero sabía que ninguno de sus poderes podía contra el pase mágico. Ahora que Lola lo había recuperado, lo usaría para que todos los desfiles funcionaran a la perfección... así que era inútil que él continuara allí.

—Bueno, ganaron —dijo de mal humor—. Regresaré a mi castillo de hielo y de ahora en adelante los diseños de Circón Azul serán solo míos. ¡Ustedes se arrepentirán!

Los duendes se alegraron al escuchar la noticia.

—Si los diseños son solo para ti, ¿podemos vestirnos de verde otra vez? —preguntó uno de ellos, quitándose la chaqueta azul y mostrando una camiseta verde que llevaba debajo, con un enorme bordado que decía: ¡VIVAN LOS DUENDES!

Con un gruñido, Jack Escarcha volvió a dar otra patada en el suelo, disparando una lluvia de rayos congelados por todas partes. Antes de que los trozos de hielo se derritieran, él y los duendes ya habían desaparecido.

Raquel y Cristina aplaudieron emocionadas.

Luego, se miraron con asombro al ver que cientos de destellos plateados comenzaban a salir disparados del pase mágico de Lola y rodaban por el pasillo.

—Justo a tiempo —murmuró Lola—. Mi magia garantizará que todo salga bien en el desfile... ¡que va a comenzar en cinco minutos!

Varios destellos plateados se arremolinaron alrededor de Cristina y Raquel. En un instante, el cabello de las chicas quedó mágicamente estilizado y un toque de brillo rosado iluminó sus labios. Unos minutos después, mientras avanzaban al encuentro de Jessica, notaron que la pasarela había sido reparada, las cortinas

estaban de vuelta en su barra y el público comenzaba a acomodarse en los asientos.

—Este desfile de moda está listo para empezar —dijo Lola feliz—. Ahora debo regresar al Reino de las Hadas y asegurarme de que el desfile allá sea tan perfecto como este. ¿Les gustaría venir conmigo?

Los ojos de Cristina se iluminaron al momento. Sabía que mientras estuvieran en el Reino de las Hadas, el tiempo se detendría en el mundo de los humanos y nadie las echaría de menos ni un segundo.

—¡Claro que sí! —dijeron las dos niñas.

Lola sonrió y agitó su varita de nuevo.

—¡Pues para luego es tarde! —exclamó el hada.

Al instante, Raquel y Cristina se vieron envueltas en una nube brillante de polvo mágico que las elevó en el aire. Cuando los destellos se desvanecieron, las chicas se encontraban en el gran salón del palacio real, sentadas en primera fila, junto al Rey y a la Reina del Reino de las Hadas.

La mirada de la reina Titania se iluminó de alegría cuando vio a las chicas.

—¡Qué oportunas! —dijo sonriendo—. El desfile está a punto de comenzar.

Raquel y Cristina saludaron a los Reyes y miraron emocionadas a la gran pasarela y la enorme audiencia detrás de ellas.

De repente, las luces se apagaron y el salón quedó sumido en la oscuridad. Comenzó a sonar una música tintineante y un haz de luz alumbró el centro del escenario donde apareció un hada roja.

—¡Es Rubí! —susurró Cristina con una sonrisa.

Rubí era la primera hada que las chicas habían conocido en su viaje a la isla Lluvia Mágica.

A principios de esa semana, cuando habían viajado al Reino de las Hadas, se habían sentado en ese mismo salón para ver el desfile de moda. Pero ese día Jack Escarcha había arruinado la entrada de Rubí. Raquel cruzó los dedos. ¡Esperaba que esta vez todo saliera bien!

Rubí caminó por la pasarela vestida con un espectacular vestido rojo, ribeteado con lentejuelas brillantes. Llevaba una trenza adornada con rosas rojas, brazaletes plateados y zapatillas de ballet con cintas rojas entrecruzadas alrededor de los tobillos.

—¡Se ve tan hermosa! —exclamó contenta Raquel.

Una tras otra, las hadas comenzaron a desfilar por la pasarela luciendo vestidos espectaculares. Esta vez no hubo interrupciones de Jack Escarcha ni de sus duendes y, definitivamente, la ropa de Circón Azul no apareció por ninguna parte.

Al final, el público les regaló una sentida ovación a las modelos y Cristina

y Raquel aplaudieron tan fuerte que sintieron un hormigueo en las manos. Entonces, Lola y las otras hadas de la moda subieron al escenario tomadas de la mano para hacer una reverencia.

—Queremos decirles —anunció Lola—, que el desfile de hoy no habría sido posible sin la ayuda de nuestras amigas Raquel y Cristina. Gracias, chicas. Una vez más, fueron nuestra salvación.

Entonces, estalló una segunda ronda de aplausos y las chicas se sonrojaron de alegría. ¡Era maravilloso ser amigas de las hadas!

La reina Titania les sonrió.

—Ahora será mejor que las enviemos de vuelta al mundo de los humanos. Veo que están vestidas con sus propios diseños —dijo la Reina—, pero antes de que se marchen, les pondremos una pizca de polvo mágico para que brillen aún más bajo las luces de la pasarela.

Ella y el rey Oberón rociaron ligeramente polvo brillante sobre las chicas.

—Gracias nuevamente —dijo el Rey—. ¡Y buena suerte en el desfile!

—¡Buena suerte! —repitieron al unísono las hadas de la moda, despidiéndolas y sonriendo.

—Adiós —dijo Raquel—. Esperamos verlas pronto.

La reina Titania agitó su varita y, de repente, envueltas en una nube de polvo mágico con los colores del arco iris, las chicas emprendieron su viaje rumbo al Centro Comercial El Surtidor.

De regreso, Raquel y Cristina vieron a Jessica, que venía caminando hacia ellas.

—¡Aquí están! —exclamó—. Ya estamos listos para comenzar, así que vengan a colocarse en sus lugares. Espero que no estén muy nerviosas. Sé que todo esto debe de tenerlas un poco aturdidas.

Cristina y Raquel se miraron y sonrieron. Después de siete aventuras con las hadas de la moda, vencer a Jack Escarcha y sus duendes y hacer un viaje relámpago al Reino de las Hadas, la idea de caminar por una pasarela en realidad les parecía bastante relajante.

—Creo que todo saldrá bien —dijo Cristina con seguridad.

—¡Así me gusta! —respondió Jessica—.

Ahora voy a presentar el desfile. ¡Buena suerte!

Raquel y Cristina se dirigieron a la entrada de la pasarela y espiaron al público a través de las cortinas. Vieron que se había reunido una gran audiencia, incluyendo a los padres de Raquel, que estaban en primera fila.

Cristina sintió la piel de gallina cuando vio a Jessica caminar por el escenario y el público comenzó a aplaudir.

—¡Esto va a ser inolvidable! —susurró con alegría.

—Cuando estamos juntas, las cosas siempre son más divertidas —dijo Raquel sonriendo—. ¡Y un desfile de moda será el cierre de oro para una semana con las hadas de la moda!